C·H·Beck

PAPERBACK

Jeder kennt die Situation: Wir tippen mal eben schnell eine Nachricht in unser Smartphone – «Schatz, komme später, der Chef will mit mir noch zum Meeting» – und kaum einer überprüft den Inhalt, bevor er auf «senden» klickt. Wenn das Handy dann aber «Meeting» in «Petting» korrigiert, erhält der Partner eine Nachricht, die ihn erst einmal stutzig macht.

Indem sie Worte bereits nach wenigen eingetippten Buchstaben erkennen und automatisch vervollständigen, sind Texterkennungsprogramme eine zeitsparende und enorm praktische Erfindung. Doch nicht selten korrigiert unser Handy eigenwillig ihm unbekannte Worte und verändert damit den Inhalt der Nachricht. So kommt es zu ebenso peinlichen wie unfreiwillig komischen Situationen, wenn einem das Handy eine Affäre andichtet, die eigene Freundin beschimpft oder «Burgerking» in «Bürgerkrieg» verändert.

Holger Schauf, eine 28 Jahre alte kölsche Frohnatur, arbeitet als Webdesigner/Webdeveloper. Seit 2011 betreibt er die Website www.autocompletefail.de, auf der er Beispiele von Autokorrekturfehlern zeigt.

HOLGER SCHAUF

Hast du schon ein Wehrmachtsgeschenk für Oma?

Die peinlichsten Autokorrekturfehler

C.H.Beck

Anmerkung des Autors:

Die abgedruckten Nachrichten beruhen auf den Einsendungen, die ich zur Veröffentlichung auf der von mir betriebenen Internetseite www. autocomplete-fail.de erhalten habe. Ob es sich dabei um «echte» Nachrichten handelt, die den Usern tatsächlich unterlaufen sind, kann ich nicht nachprüfen.

Wenn die Schreibweise oder die Interpunktion nicht zum Witz oder zum Tonfall der Nachrichten gehörten, wurden diese der deutschen Rechtschreibung angepasst.

Originalausgabe

Satz, Druck u. Bindung: Druckerei C.H.Beck, Nördlingen
Umschlaggestaltung: Geviert, Grafik & Typografie, Conny Hepting
Printed in Germany
ISBN 9783 406 67751 9

www.beck.de

Vorwort

Gleich zu Beginn der Smartphone-Ära kaufte ich mir ein neues Handy mit Touchscreen. Alles nur noch über das Display steuern zu können, reizte mich ungemein, und durch das mobile Internet stieg auch die Häufigkeit meiner sozialen Kontakte: IRC, ICQ, StudiVZ, Facebook, Twitter und WhatsApp – ich habe sie alle ausprobiert.

Bei jeder Gelegenheit schrieb ich, sei es in der Bahn, beim Einkaufen oder im Auto: mit einem Auge auf der Straße – die Ampel müsste doch mal wieder Grün werden –, mit dem anderen einen Blick auf das Smartphone. Von da an war das Schreiben der Nachrichten keine Handlung mehr, der ich meine volle Aufmerksamkeit widmete. Ich war begeistert von der automatischen Korrektur, denn sie half mir, trotz Trefferungenauigkeit auf dem Touchscreen die Wörter richtig zu schreiben.

Bis zu einem bestimmten Punkt: Die Autokorrektur lernte dazu. Sie war versessen darauf, meinen Wortschatz zu übernehmen. Das machte mir zunächst nicht viel aus, schließlich ersparte mir das Programm eine Menge Arbeit, aber die Kehrseite ließ nicht lange auf sich warten. Es passierte mir immer häufiger, dass ich in hektischen Situationen die korrigierten Worte nicht mehr kontrollierte und mein Handy unbemerkt den Inhalt der Nachricht veränderte.

So wurde, während ich im Supermarkt in der Schlange stand:

Hey Schatz, wieviel **Dosen** Tomatensoße brauchen wir?

zu

Hey Schatz, wieviel **Hosen** Tomatensoße brauchen wir?

Die Autokorrektur ging von einem Verschreiber aus, da ich das Wort «Dosen» nicht so oft benutzte, und wählte stattdessen das Wort «Hosen». Doch damit lag das Programm falsch. Ich kontrollierte den Satz nicht, und die Nachricht landete im Chat.

Dies war der Moment, in dem ich mich fragte: Bin ich eigentlich der einzige Dumme, dem so etwas passiert? Oder gibt es auch andere, die von ihrem Handy hintergangen werden? Jeder, der es regelmäßig benutzt, müsste doch eigentlich ab und an Opfer von Autokorrekturfehlern werden. So gründete ich die Webseite www.autokorrekturfail.de, auf der Handybenutzer entsprechende Beispiele einsenden können.

Ich wollte wissen, wie oft es passiert und wie peinlich

die Situationen sind. Zudem wollte ich Unwissende darauf aufmerksam machen, was die Autorkorrektur alles anrichten kann. Schließlich bevormundet sie den Nutzer und gibt ihm die «richtigen» Worte regelrecht vor. Aber wie will man jemanden von etwas abhalten, wenn es ihm das Leben erleichtert? Wir sind schließlich alle Faultiere: Je gemütlicher und leichter etwas für uns ist, umso schwerer verzichten wir darauf. Und ohne die Autokorrektur müssten wir jedes Mal selbst die falschen Buchstaben korrigieren, die wir auf der viel zu kleinen Tastatur des Smartphones erwischt haben.

Wohin diese Faulheit führen kann, war in den vier Jahren, in denen meine Webseite online ist, zur Genüge zu erfahren. Denn ich bin offensichtlich keineswegs der einzige Dumme, dem die Autokorrektur Streiche spielt. Es gibt die klassischen Korrekturfehler, die wir alle kennen: Aus «Gute Nacht» wird «Gute Macht» und «alles klar» wird in «Alaska» umgewandelt. Aber wusstet Ihr, dass «evakuiert» in «ejakuliert» und «bitte» in «Nutte» korrigiert werden kann? Stellt Euch die Situation des Mannes vor, der seine Freundin lediglich höflich an eine Absprache erinnern möchte, ihr jedoch zwischen Tür und Angel schreibt: «Denkst du Nutte an das, was wir ausgemacht haben?»

In diesem Sinne soll dieses Buch zur Unterhaltung beitragen, aber auch für mehr Verständnis sorgen. Wenn Ihr das nächste Mal erschrocken, angeekelt oder verärgert seid, weil ein Kollege Euch von einem Lokal vorschwärmt, in dem es für zehn Euro «Freiverkehr» gibt, ein Freund schreibt, er habe Lust auf «Bürgerkrieg» oder Eure Freundin berichtet, dass sie noch mit ihrem Chef zum «Petting» muss – denkt daran: Vermutlich sind sie alle weder taktlos noch pervers, sondern waren einfach nur zu faul, zu lesen, was die Autokorrektur ihnen untergeschoben hat.

Ich wünsche viel Spaß!

Holger Schauf

Köln
Dezember 2014

Die peinlichsten Autokorrekturfehler

Kannst kommen.
Polenfeldzug ist OK.

Was ziehst du da im
Osten ab?

POLLENFLUG!!!

Was hältst du eigentlich
von unserem Blasen? Ich
finde, die harte Arbeit hat
sich gelohnt.

Du bist mein Bruder! Was
auch immer du mir sagen
möchtest, lass es!

Ich meinte den Rasen!

Heute im Relikurs saß Tim neben mir. Der hat mich total böse angepinkelt.

Baaah, wie eklig!

Nein! Moment! Angefunkelt!!!

Morgen geht's endlich zum Hurricane! Da lass ich die Pillen tanzen.

Alter, lass den Scheiß!

Puppen natürlich ☺

Entspann dich!

Sehen wir uns heute noch?

Klar!

Bring am besten deine Scheiße mit, dann können wir direkt vergleichen.

Bist du bescheuert?!

Scheine!

Wir wollten doch sehen, wer heute mehr Geld gemacht hat ...

Junge, das wär echt eklig geworden!

Alter, wo pisst du?!

Meistens am Klo, manchmal such ich mir auch einen hübschen Busch!

Was? Beweg deinen Barsch sofort hier her, wir warten schon!!

Ich hätte im Kühlschrank nur einen Lachs, hoffe der geht auch?

Alter, bist du bekifft?!

Nein, du? Lies mal, was du geschrieben hast!

Haha sorry! Aber jetzt im ernst. Mach, dass du herkommst!

Mach ich. Lachs ist schon eingepackt 😎

Hier um die Ecke ist so ein Laden, da gibt es für 10 € Freiverkehr.
Das erlaubt mir meine Frau nie ...
Ich meine natürlich Freiverzehr!

Huhu! Kommst du mit zum Völkermord Konzert?

Völkermord?

Ahhhh! Ich meinte Silbermond!!

Warum tut der Server nichts mehr?

Erik each rich grease update

Hä?

Sorry, die Tastatur war gerade auf Englisch gestellt.

Hey, du bist doch so ein Technikfreak. Kannst du mir helfen? Habe Probleme mit meinem Anus, der funzt nicht mehr!

Dann geh zum Arzt!

ASUS!! Mein Lappi ... Ich lach mich weg!

Hallo Geile, bin noch bei Lust.

Schatz, ich heiße Heike, und du bist offenbar noch bei Kurt.

Ich fick sobald ich zu Hause bin.

Ich meine ich fick

Ich GUCK sobald ich zu Hause bin!!!

Das Handy hat vorher 'ner Freundin gehört. Die ist etwas freizügiger mit solchen Worten umgegangen ☺

Bist du schon weg?

Bin am Flughafen. Warte auf meinen Pfleger.

Ist es schon soweit? ☺

Bist du schon unterwegs?

Komme gerade aus der Dusche, muss mich noch anziehen und finde meine Brüste nicht.

Ich helfe dir später gerne suchen! ☺

Meine Bürste! So kann ich nicht raus gehen ...

Hallo Pille, kommen du tod mafia morgen auch zum Sarg?

Was??

Hallo Silke, kommen du und Saskia morgen auch zu Marc?

Bock auf Strand?
Morgens immer willig
dort!

😀

CHILLIG! Macht dir keine
Hoffnungen!

😫

Bist du schon unterwegs?

Bin am Einparken und
hinter mir ist total das
Gestänge.

Was?!?

Ich parke gerade ein, viele
Autos hinter mir!!!

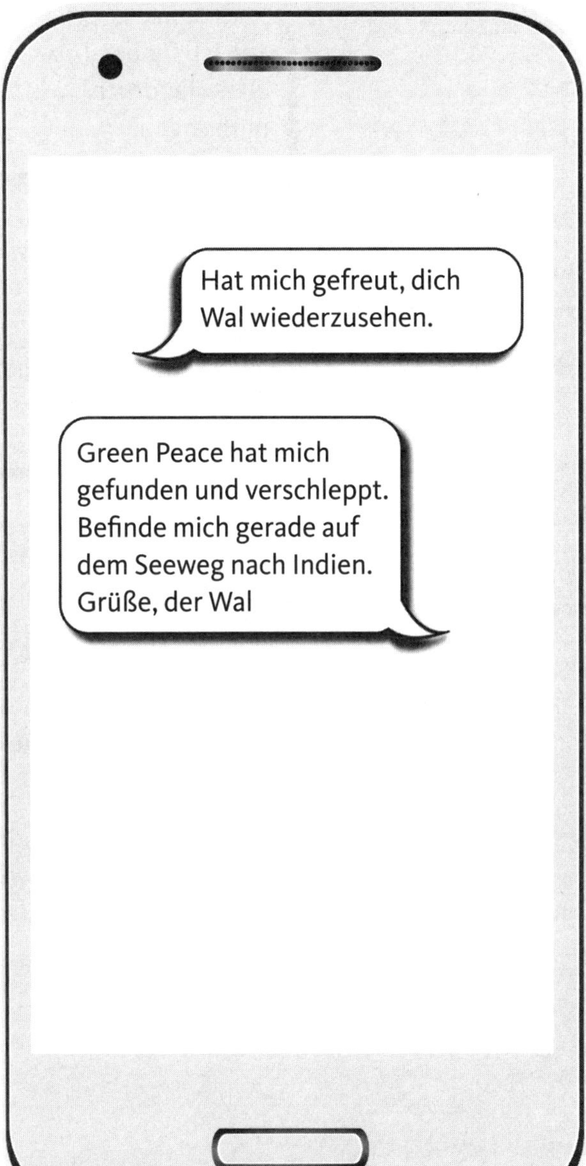
Hat mich gefreut, dich Wal wiederzusehen.
Green Peace hat mich gefunden und verschleppt. Befinde mich gerade auf dem Seeweg nach Indien. Grüße, der Wal

Soll ich für das Töten ein altes Handtuch mitbringen?

Was willst du machen?

Na, das spritzt doch immer so.

Jetzt machst du mir Angst!

Tönen!

Du wolltest mir doch die Haare tönen und ich will euer Bad nicht versauen.

Lust auf ein Bier heute Abend? Komme dann später zu dir rüber.

Nee, habe die letzten Tage so viel Bauch bekommen.

Die Ausrede gilt nicht. Beweg dich halt mal!

Ich hatte Besuch, kein Bauch. Gute Nacht!

Peter kann gerade nicht schreiben. Der hat seine Siamkatze zerschnitten.

Wer macht denn bitte sowas? Der gehört doch in den Knast!

Seine Simkarte!

Kommst du mit nach Köln? Sag an! Wir fahren fleischlos!

Fleischlos? Das wird aber ne knochige Fahrt ☺

Droge Weihnachten!

Hattest du schon einen Glühwein zu viel? ☺

Ich meinte natürlich «Frohe Weihnachten»!

Ella hat ’nen Kater vom Judo gestern. Die liegt jetzt total flach und kann heute nicht mit.

Seit wann macht Ella denn Judo? Die ist doch gar nicht sportlich.

Vom Hugo, dem Sektzeug!

Da hast du gestern Abend aber einen Elefanten Tanz hingelegt ☺

Warte!

Elegant!

Nicht Elefant!

Bock, heute was zu machen?

Bin schon verplant. Schau mir mit ’nem Freund Krieg der Welpen an.

Das klingt nach einer ekelhaften Tierdoku.

Krieg der Welten!

Kommst du Samstag mit shoppen?

Jo! Hab auch Bock, mal wieder zu poppen.

Okay. Erst shoppen, dann poppen?

Hi Oma, sag mal, bist du heute zu haben?
Nein, nein, nein!!!!
BIST DU HEUTE ZUHAUSE?

Und???

Läuft gut. Wir gehen jetzt noch Cocktails trinken. Weiteres destillierter später.

Wie? So richtig starkes Zeug?

Ich dachte, du wolltest es nicht gleich drauf anlegen ...

Detaillierter später! Jetzt keine Zeit!!!

Hätte ja schon wieder Bock auf Salatstudio.

Ach, du weißt schon, was ich meine ... Assitoaster! ☺

Bringst du noch ein paar Milchkännchen mit?

Wo soll ich denn hier in Berlin sowas finden?

Schatz, nein! Milchbrötchen!

Hast du Zeit?

Nee, mache gerade Leberkäs und Zeugniskopien fertig.

Seltsame Kombi!

Lebenslauf und Zeugniskopien!

Bei mir hat Panthenol salbe geholfen.

Davon hat sich meine Haut geschält.

Oh!

Jetzt hab ich Orgasmus Tattoocreme.

PEGASUS!!!

Jaja 😀

💔

Jeden Tag diese Scheißerei auf der Autobahn. Es nervt einfach nur!

«Scheiß Staus»!

Boah, die Neue regt mich auf!

Was hast du gegen die? Ich mag sie!

Während ich gearbeitet habe, war die nur am koksen!

Die nimmt Drogeriemärkte? Warum sagst du das keinem Lehrer?!

Natürlich, sie kokst gerne Drogeriemärkte ☺

Manchmal GLOTZT sie aber auch nur!

Ich hab mit ihm Schluss gemacht!

Wirklich? Wieso?

Ich hatte Angst, dass er mich verätzt!

WAS? Der hantiert mit Säure?!

Verletzt!

Einmal drehen nach rechts… dann Stuttgart

*start

Heute Abend Bock auf Nizza?
Ja klar! Ich warte am Flughafen.
Pizza natürlich!

Die Autokorrektur nervt total!

So, gleich Ostpreußen. Noch zwei Stationen, dann bin ich bei dir.

Haha! Womit wir beim Thema wären ...

Ahhh! Ostkreuz!

Hallo Schatzi! Bringst du bitte von Aldi noch Alufelgen und Hundehütte mit?

???

Alufolie und Hundefutter!!! ☺

Bin noch in der Stadt,
wird etwas später.

Kannst du mal bitte
ficken

ficken

KANNST DU MAL BITTE
GUCKEN

... ob die im Gamestop
noch Skyrim im Angebot
haben?

Ja Schatz, ich fick da
gleich mal nach 😃

Bin jetzt zu Hause. Wenn du leben willst, sag Bescheid.

Ich will leben!

Ich meinte labern ☺

Ist es gut? Wo hast du es her?

Ja, definitiv! Hab's bei Amazon gekauft.

Danke für den Trip!

Ich meine Tipp ☺

Bin noch mit Momo was trinken, ich ruf dich später zurück.

Alles klar, dann bis später!

Prostitution ☺

PROST! HERRGOTTNOCHMAL!

Denk daran, wir brauchen noch Zahnpasta.

Jaja, ich weiß. Jan das schon besorgt.

Klasse! Aber wer ist Jan?

Niemand. Ich meinte, ich «hab» das schon besorgt.

Das mit Freitag steht noch?

Karl!

Äh

*Klar!

Haha! Besoffen?

Nein, Ute Korrektur!

Ahhhhhhh!

Mein Handy hat's mit Namen ...

Ich hab voll Bock auf Bürgerkrieg!
Was hast du für Probleme?
Burgerking!!!

Hey Suppe, alles gut bei dir?

Ja Eintopf, hier ist alles gut! ☺

Mist! Ich meinte Süsse, nicht Suppe!

Schaaaaatz, komm nach Hause! Baby Stopplicht!!

????

Das Baby stinkt!

Schatz, ich muss dir was sagen: Ich liebe mich.

Ähm ... das finde ich schön für dich.

So reagierst du?

Wenn du das sagen wolltest, was ich denke, dann lies mal, was du stattdessen geschrieben hast.

Oh! ☺ Ich meine, ich kriege dich!

OMG! Das war jetzt aber Absicht, oder?

Aber ich helfe dir: ICH LIEBE DICH AUCH!

Keine Absicht! Ich habe dich gar nicht verdient. Und das Handy mich nicht ☺

Kommst du gleich?

Hepatitis

WHAT?

Hahaha – jep!

Lust auf Massaker?

Eher nicht ☺

Massage!!!

Schaue gerade Sabine toal verlegt

Sabrina oral verlegt

Sabine total errregt

Was!?

Sabrina toral verheißt

Sabrina total verhext

😀

haha wir mähen einen Elefanten dann haveb wir was zu avsb

Was? Einen Elefanten mähen?

wir mähen einen Tag nur mit Autoknacker

mein Gott whatever

whatever eben

Du meinst, wir machen einen Tag nur Autokorrektur?

ebauuuu

Hi, hast du schon ein Wehrmachtsgeschenk für Oma?
Nein, und das habe ich auch nicht vor!
Äh, scheiß Handy. Du weißt, was ich meine.

Manu kann wieder in seine alte Schrulle.

Das wird seiner Freundin nicht gefallen!

Ich lach mich tot! Schule, nicht Schrulle!

Extensives bekommt ’nen Nachtfalter! Voll geil!

Wie einen Nachtfalter? Und wer ist Extensives?

Der Film Expendables bekommt einen Nachfolger!

Ja, davon habe ich gehört.

Sag mal, kennst du auch das Pflegebad vom Imbiss? Ich finde, das riecht einfach herrlich.

Du meinst Frittenfett?

Nein, ich meine das Pflegebad von Ombia mit Oliven.

Sind wir vollständig?

Nein, es fehlen noch Tank und Fasan.

Kenn ich nicht! ☺

Frank und Fabian!

Boah, was laufen hier für geile Bretter rum!

Heikes Arsch und Titten?

Wer?

Na, die der geilen Bretter ...

Wer ist Heike??

Welche Heike?

Na, hast du doch geschrieben: Heikes Arsch und Titten?

T9 ... Geiler Arsch und Titten?

Bist du schon unterwegs?

Ich muss noch zum Einlauf in den Supermarkt. Bin in 20 min daheim.

Einlauf im Supermarkt? Ist das ein neues Sonderangebot? Bitte verschon mich mit den Details ☺

Schatz, kannst du mir morgen die Star Wars DVD mitbringen?

Klar!

Danke! Gute Macht!

Ich glaube, die Filme tun dir nicht gut.

Hey, hast du heute noch Lust auf ficken?

Nein! Ich bin doch nicht schwul!

Was soll daran schwul sein?

Was daran schwul ist? ICH BIN DEIN BRUDER!!!

Oh fuck ... ich meinte kicken!!!

Ich will Pommes!

Nein ... Sommer!

Ich nehm beides ☺

Denkst du Nutte an das, was wir ausgemacht haben?
Spinnst du Markus?
Sorry Natalie, scheiß Autokorrektur – es sollte BITTE heißen!

Hast du mal 'ne Minute, um über den Code zu gucken?

Ja, komme gleich. Sex!

Was??

Ich dachte, du bist nebenan.

Bin ich auch. Sekunde!

Mit wem hast du denn Sex? Und warum kannst du dabei schreiben?

NEIN! Autokorrektur!!

Aus «Sec» wird «Sex»!

Du, wär's ok, wenn wir uns erst morgen sehen?

Ja klar, ich werde den Abend schön alleine rumspielen.

Ok. So genau wollte ich es gar nicht wissen ...

Ahhh! Schon alleine rumkriegen!

Cock auf Aids?

Besoffen?

Haha. Nein. Meinte eigentlich: Bock auf Bier?

Ich geh jetzt den Kindern das Ding vorficken.

Oha! Das Märchen soll ein Porno werden? Was willst du den Kindern beibringen?

VORFÜHREN! Ich meinte vorführen!!!

Jaja ☺

Was gibt es denn heute Abend Leckeres zu essen?

Ich packe mein berüchtigtes Chilli von Carne aus.

Ist es so gut, dass es einen Adelstitel trägt?

Warum hast du dich nicht mehr gemeldet?

Hast du am Freitag echt noch mit der Biggi rumgemacht?

Hack jetzt nicht auf mir rum, aber ja! Ich weiß, ich weiß!

Shake in you!

Fuck iphone!

Es sollte «shame on you» heißen!

Recht hat es! Es schüttelt mich immer noch ein wenig ☺

Bist du zu Hause?

Nee. Bin auf dem Weg zu Bernd. Der schlachtet heute ein Kamm.

Hä?

Ich schmeiß mein Handy weg ... Lamm!

Und, wie war der Abend?

War cool. Haben einen Film geschaut. Asche Noch.

Wieso aschst du noch?

Ich meinte, wir haben einen Film über die Arche Noah geschaut!

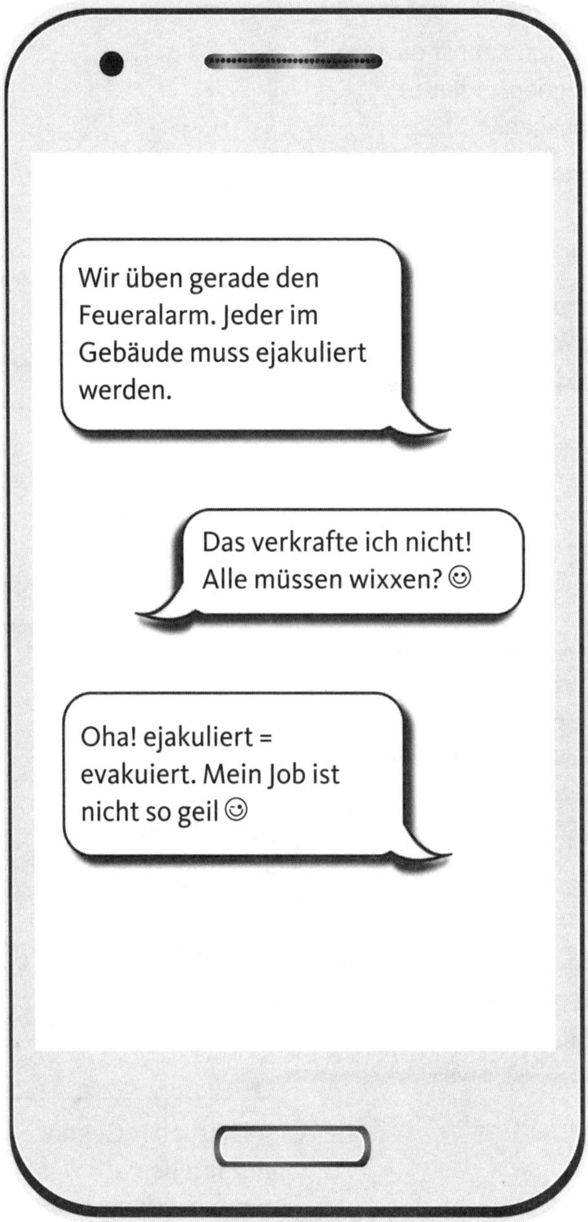
Wir üben gerade den Feueralarm. Jeder im Gebäude muss ejakuliert werden.
Das verkrafte ich nicht! Alle müssen wixxen? ☺
Oha! ejakuliert = evakuiert. Mein Job ist nicht so geil ☺

Hi Tim. Kannst du dem Gegner für heute absagen?

Soll ich wirklich?

Ja wirklich, tut mir leid!

Ok, hab dem Gegner abgesagt. Die fanden das jetzt nicht so gut. Spiel ist auf Morgen 20 Uhr verschoben. Ok?

Was?!?!?! Du solltest nicht dem Gegner absagen!

Hast du aber doch geschrieben! Hab extra nochmal gefragt!

HEINER nicht Gegner! Du solltest Heiner absagen!!!

Du hast aber Gegner geschrieben!

Was machst du heut noch?

Gehe mit Kopie tanzen.

Und was machst du mit dem Original? ☺

Oh Mist. Gehe noch mit Josie tanzen.

★

Hey, alles klar bei dir?

Ja soweit. Koche gerade lecker Rhabarberkompost.

Kannst gerne vorbei kommen und kosten.

Würg! Ne danke ☺

Hallo! Bin wieder zurück!

Wo warst du?

In Julnacch!

Und wie ist das Wetter in Finnland?

Wieso Finnland? Ich war bei meinem Bruder in Bayern.

Und da gibt es den Ort Julnacch?

Oops. Meinte Kulmbach.

Ich bin immer noch von Freitag verkatert. Wie sieht es bei dir aus?

Kann nicht klagen. Hatte mir gleich eine Aspirin eingeworfen.

Ich werde nie mehr Tim Beamte anfassen. Dreckstropfen!

Tim Beamte?

Jim Beam!

Wann soll ich heute Abend da sein?

Egal, komm einfach. Kannst du noch Holla die Waldfläche mitbringen?

Was ist das?

So ein Likör mit Wodka.

Mach ich! Bin dann um 9 Uhr da.

Ich habe jetzt in DREI verschiedenen Supermärkten gesucht. Es gibt kein HOLLA DIE WALDFLÄCHE!!! Die haben mich AUSGELACHT!!!

Das Zeug heißt ja auch Holla die Waldfee!

Dann schreib das auch!

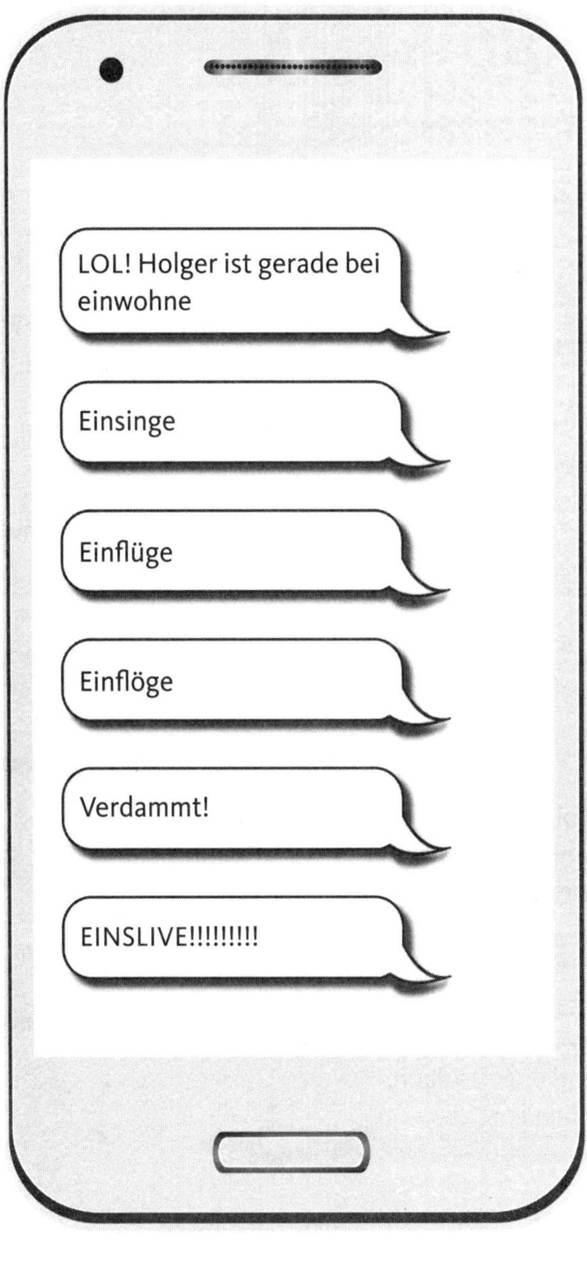
LOL! Holger ist gerade bei einwohne
Einsinge
Einflüge
Einflöge
Verdammt!
EINSLIVE!!!!!!!!!

Du hattest mir ja von diesem Zwitter erzählt, ich habe mich da jetzt mal angemeldet.

Du meinst Twitter?

Ja

Gut!

Hast du schon ein Geschenk für Frank?

Wollte ihm ’nen Gutschein besorgen.

Wollen wir zusammen scheißen?

Und ihm das dann schenken? ☺

Habe mir für mein iphone einen jumper gekauft, der schützt das Handy jetzt beim Aufprall. Cool oder?

Und wie geht das? Springt das iPhone dann immer wieder hoch?

Nein, was du meinst ist ein Gummiball.

Du hast doch JUMPER geschrieben!

Oh! Ich meinte natürlich jumper!

Ich habe jetzt mal gegoogelt. Du meintest einen bumper!!! Das ist eine Schutzhülle!

Sag ich doch die ganze Zeit!

Hey! Für heute Abend alles fertig? Soll ich noch was mitbringen?

Nein, alles gut. Sekt und Weib sind kalt gestellt.

Schau dir mal im Mailverteiler die Nachricht von Stefanie an.

Fand die Andeutungen von ihr auch komisch und habe gleich zurück gemahnt.

Das ist jetzt nicht dein Ernst!? Das war doch ein Witz von ihr!

Bleib mal locker! Ich habe ihr GEMAILT!

Habe gestern legendär gesoffen. Was hast du getrieben?

Ich habe gestern auch ein wenig an Campern genascht.

An dem Auto oder an einem Menschen?

Nee. Vergiss das wieder. Campari!

Happy Bierfass!

Hehe, woher weißt du, dass ich so rund wie ein Bierfass geworden bin?

Ups, meinte natürlich Happy Birthday.

War mir schon klar ☺

Was machst du denn online? Ich dachte, du hast kein Internet?

Hab ich ja auch nicht. Hab versucht, mich beim Nachbarn einzulochen. Hat geklappt ☺

Wirklich?

Scheiße!!!!
EINZULOGGEN!

Ist hochgeladen?

Nein, noch nicht. Erst morgen.

Alaska!

Wir sind endlich Papa und Mama! Um 15:21 Uhr kam der kleine Nazi zur Welt.
Maxi, nicht Nazi!

Ich sah schon mal Nackt!

Bitte was?

Ich sag schon mal Nacht!

Naja, dann bist du jetzt wieder Frischfleisch ☺

Bin von dem Beziehungsquatsch vorerst gegeilt.

Aha!

Nein nein nein! Geheilt meine ich!

Sag Bescheid, wenn ich noch etwas mitbringen soll.

Bringst du Eierstöcke mit? Wir bräuchten noch etwas Nachschub.

Eierschecke, den Kuchen!

Hätte es auch so verstanden ☺

Muhammad

Muhammad

Verdammt nochmal! muhahaha

Dann müssen wir zur Sicherheit mal ein paar Griechen weglegen!

Grochen!!!!

Groschen!!!!!!

Wo bleibst du?

In 15 Minuten Sex!

Bitte was??

Ich meinte «sry»! Sorry! Bin in 15 Minuten da. Blöde Autokorrektur.

Flapsiges Beinchen!

Was bitte?

Birnstab Bierchen!

WAS?

Fleißiges Bienchen!

Versuch das mal, das
sollte tunten ...

??

Funtzen! Ich mein
funtzen!

Schöne Scheide!

Oha, ich will nicht wissen, was in deinem Kopf vorgeht!

Ich meinte Scheide

Boah, dieses iPhone!

SCHEISSE! SO!!!

Guten Morgen! Hast du gut geschlagen?

Schatz? Alles ok? Was hab ich denn heute Nacht gemacht?

Geschlafen ☺

Wo seid ihr? Ich warte!
Sorry, aber wir verkaufen uns hier gerade.
Wie? Auf dem Strich? Ist es schon soweit? ☺
Scheiß T9 ... Wir verlaufen uns gerade!

Schick dir gleich weitere Ingos.

Kenn ich nicht, aber immer her damit!

Ich meinte Infos ☺

Ich hatte es befürchtet ...

Warze auf Dennis!

Als ich ihn gestern gesehen habe, war noch alles gut ☺

Nein! Verdammt! WARTE auf den BUS!

Guten Morgen, lieber Gasunfall ☺

Warum beleidigst du mich schon am frühen Morgen?

Hasibärli ist doch keine Beleidigung!

Du hast mich Gasunfall genannt!

Ich denke, die Sache wird sich im Lande versaufen.

So endet das bei mir auch öfter mal ☺

Hi Schatz, wir müssen heute noch zum Elternabend von Löst, Ruhgen und Rasch.

Ich wusste gar nicht, dass wir noch weitere Kinder haben ☺

Also Elternabend von Jost, Quirin und Sarah?

Kommt ihr rüber auf 'nen Cuba Libre?

Ja klar. Die Bestie will sich heut besaufen.

Was ist los?

Die Betti ... Sag ihr das bloß nicht!

Lass uns morgen Waffeln machen!!!

Dann sag mir noch, was du alles für den Waffengang brauchst.

Waffengang? Meintest du Waffelteig?

Ja, ich meinte Waffengang.

WAFFELTEIG!!!

Soll ich warten mit dem Esssen?

Brauchst nicht warten. Kannst Schimmel essen.

Schonmal 😀

Ich muss nach der Arbeit zu Hause noch durchsaufen.

Läuft die Arbeit so mies?

Meine Autokorrektur macht aus «durchsaugen» einfach «durchsaufen».

Und kennt mich damit besser als jeder Mensch ☺

Das Hotel ist leider ausgebucht. Du musst woanders wohnen, kannst aber sicher hier den Wellness-Bereich putzen und anschließend mit uns essen.

Großzügiges Angebot ...

Nutzen! Komm bitte trotzdem!

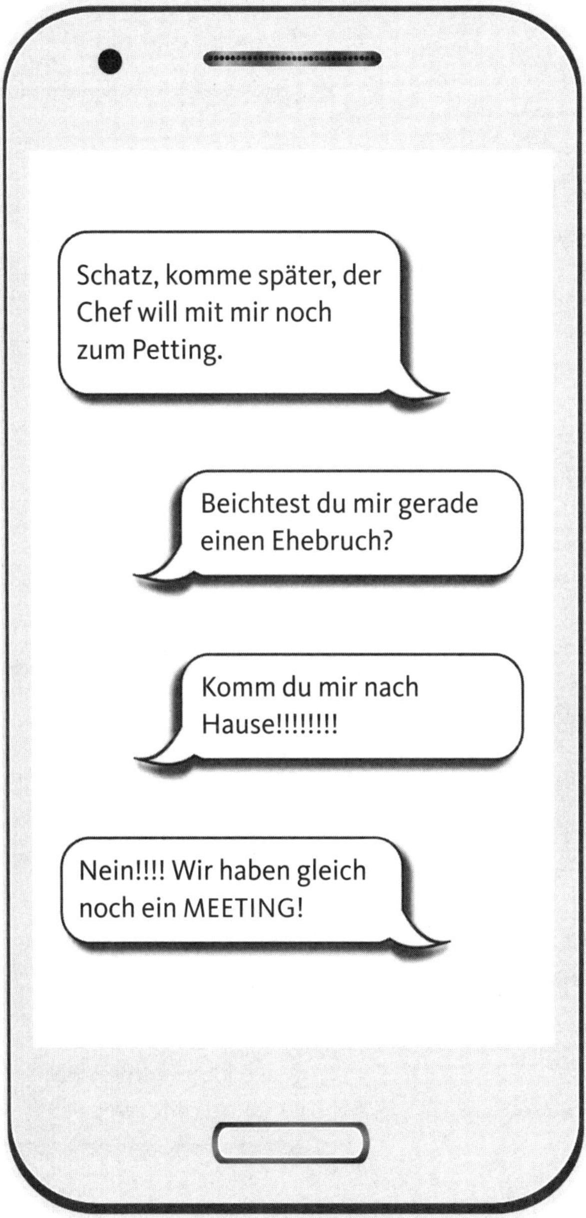
Schatz, komme später, der Chef will mit mir noch zum Petting.
Beichtest du mir gerade einen Ehebruch?
Komm du mir nach Hause!!!!!!!!
Nein!!!! Wir haben gleich noch ein MEETING!

Blöder Widder!

??

Ich mein Widder!!

Hihi

Wixxer!!!

Bin zu Hause, wenn du können willst …

Ich kann immer! Bin schon unterwegs ☺

MediaMarkt hatte ein Merkel Double in ihrer Werbung, die eine Neujahrsrede gehalten hat, war total lustig ☺

Was will MediaMarkt mit der Kackbratze?

Hast du was gegen Merkel?

Mein iPhone macht aus Kanzlerin «Kackbratze» ...

Kann gerade nicht reden. Ich will nicht, dass mein Chef das alles hört.

Ja, kann ich versteuern.

verstehen

Hast du Lust, mit mir «in the Butt» zu gucken?

IMDB sagt, dass es den nicht gibt! Und ich vermute mal, das ist ein Porno!!!

Uh! Ich meinte den Film In The Cut!!!! Vergiss das andere sofort wieder!

Bin gleich da!

Sag einfach Bescheid.

Beschneid!

Bescheid! Beschnitten bin ich schon ... ☺

Was ist denn so
schrecklich viel zu tun?

Wir müssen hier die
Neonlichter austauschen,
weil die Leichenzüge ihre
Kraft verlieren.

Bitte was? Leichenzüge?

LEUCHTMITTEL!!!!!!!!!!!!

Ich süd dich nachher an.
Bis Magier!

Habe mir zwei Dinger gebrochen ☹

Wieso hast du zwei Dinger??? ☺

Tut es sehr weh?

Ich habe sogar zehn! ☺

Geht so ...

Du regst mich echt auf! Brauchst Stunden, bis du fertig bist. Einfach viel zu Eiter!

Eitel! Sorry!

Rufst du mich mal kurz zurück?
Bin im Rewe. Hier kein England!

Ich fahre mit Rudi nach Holland. Hab mir 'ne Handykarte geholt. Kann dir also von da schreiben

Heil!

😀

Heil meine ich

Mann, der schreibt immer heil

Heil?

Geil

So jetzt 😀

Hast du Lust, mit den anderen heute ins Kino zu gehen?

Weiß noch nicht.

Musst mir nur früh genug Bescheid sagen, damit ich die Linienbusse holen kann.

??

Kinotickets! Nicht Linienbusse!

I love T9!

Danke! Du hast mir den Tag versüßt!

Ich habe mich die ganze Nacht von meinem Köter verwöhnen lassen!

Wie abartig! So was will ich gar nicht wissen!!!

Lover!!! Drecks T9, gleiche Tasten ...

Danke für den Kurs ☺

Was meinst du?

Unsern Kuss!!!

Mir geht's superschlecht. Habe Magenschmerzen und DUSCHFALL.

Ah ja! Ich erwarte dich um 9:00 Uhr auf der Arbeit. Geduscht oder ungeduscht!

Ich habe Durchfall! Ich kann echt nicht!

Bringst du den Esprit Kocher mit?

Der Esbit Kocher ist eingepackt!

Auch die Fingern zum Anmachen?

Ja, auch die Dinger zum Anmachen ☺

Die dunkle Scheiße ist in dir!

Woher willst du das wissen?

Nein! So war das nicht gemeint!!!

Die dunkle Seite ist in dir!

Das ist eine Anspielung auf Star Wars.

Dann ist ja gut!

Ich habe keinen schwarzen Zwitter. Kannst du mir einen leihen?

Ähm... NEIN!

Warte!!! Ich meinte natürlich Sweater.

Was machst du heute Abend?

Ich sortiere meine Schwanzratten.

Wie konnte das passieren?!?

Ich meinte Schallplatten!

Ich schmeiß mich weg! ☺☺☺

Du bist toll!

Das ist aber lieb!

Ich finde dich auch schon seit längerer Zeit toll ☺

Nein!

Autokorrektur!

Du bist voll!

Geh nach Hause ausnüchtern!

Bin jetzt auf dem Weg.

Kannst du noch bigass mitbringen?

Du meinst bestimmt nicht das, was du geschrieben hast.

Baguette!

Für dich mähe ich alles!

Wenn du mich so sehr liebst, dann fang doch schon mal an, den Central Park für mich zu mähen ☺

Es sollte heißen, ich mache alles für dich!

Das ändert nix! ☺

Bist du heute dabei?

No. Muss noch los mir einen Blowjob kaufen.

Bekommst du da draußen keinen für umsonst? ☺

Du Spinner. Ich meinte Beamer!

Pyjama im Laden ist tot!

Wie kann ein Pyjama tot sein?

OSAMA BIN LADEN

Du wolltest mir doch noch beim Fliesen legen helfen, oder?

Was bekomme ich denn als Gegenleistung? ☺

Wie wäre es mit einem Kasten Bier? Ist ja für dich einfach und kein Saftsack.

Wie meinst du das?

Saftsack

Du glaubst doch nicht, dass ich dir jetzt noch helfe?!

Nein! Sorry! Bitte versteh das nicht falsch! Ich meinte doch nur, dass es für dich kein KRAFTAKT ist.

War eben im Aldi, die hatten da so italienische Delikatessen.

Solche Sachen gibt es auch im Rewe in der Schweinekopf Abteilung.

Bitte was?!?

Meinte in der Schweinekopf Abteilung

???

Verdammte Autokorrektur!

Feinkost Abteilung!

Ich habe gestern mal ein fick dicht probiert. Die angegebene Dauer auf der Verpackung stimmt überhaupt nicht!
Auf Kondomen steht doch nicht drauf, wie lange du damit kannst ...
Ich habe ein Knicklicht ausprobiert!

Wie fandest du mich gestern in dem Kleid?

Du sahst darin sehr fett aus!

Entschuldige!!!
Autokorrektur!
Ich meinte NETT!

Magst du mich noch?

Vergiss die Bananen nicht und bringst du mir noch Männer mit?

Wenn ich Männer finde, brauchst du die Bananen dann immer noch? ☺

MANNER! Dieses Waffelzeug!

Hast du die Kleine da gestern gesehen?

Welche Kleine? Da waren voll viele!

Na, die mit dem lila Hühnchen!

??

HÜTCHEN !

Lachflash!

Deine Eltern haben den Mädchen Russen mitgebracht. Die sind erstmal beschäftigt.

Was für Russen? Soll ich nach Hause kommen?

Puppen! Alles gut!

Soll ich noch etwas Bestimmtes einkaufen oder passt die Einkaufsliste?

alles öko

Wie soll ich denn alle Sachen als öko auftreiben?

Alles OK!

Freu mich schon auf den Urlaub. Nur noch 2x schlafen ☺

Wenn ich mein Gebäck fertig habe, dann kann ich mich auch freuen.

Ich weiß gar nicht, wie ich das alles rein bekommen soll.

Dann back doch weniger!

Wieso backen??

Du hast doch gerade geschrieben, dass du am Backen bist!

Ich bin am Packen und nicht am Backen.

Advent, Advent, ein Lichtlein brennt! Habe gerade eben den Adventskalender angezündet.

Warum das?

Ich meine den Adventskranz!

Genau genommen sollte man den auch nicht anzünden ☺

Habe heute Morgen beim Aufräumen durchs Wohnzimmer gefegt ... unter der Couch lagen noch Lippen. Sind das deine???

Äh ... nö. Ich habe meine noch ☺

Im Puff kommen mir immer die besten Ideen!
Im Suff ☺

Du wolltest dich am Wochenende doch melden.

Ich habe doch negriden.

Ist das was Schlimmes?

Haha! Ich habe bei dir ANGERUFEN!

➔

Hast du gelesen? Der Kachelofen ist endlich frei!

Was bist du denn für ein Ofenfreund?

Nicht Kachelofen, sondern Kachelmann. Der wurde endgültig freigesprochen!!!!!

Server, alles ok bei dir?

Markus?? Bei mir ja, bei dir auch?

Servus! Blöde Korrektur ...

Gerade war der Lichtplaner hier. Der ist voll alt. Bestimmt über 70!

Sag ihm, er soll nicht auf das Licht zugehen! ☺

Ich bin auf der Arbeit! Und du bist jetzt für meinen Fachanwalt verantwortlich!

Lachanfall!!

Was wünschst du dir zu Weihnachten?

Am liebsten Sims 3!

Aber das geht auf deinem Po nicht oder?

Ich will es ja auch auf dem Computer spielen ... ☺

PC!! Meine ich doch ...

Schatz, denkst du daran, die Glühbirne im Bad zu wichsen?!

Ich geb mir Mühe, aber ob da was bei raus kommt ☺

Mein neuer Lover kam super an. Vielen Dank nochmal!

Was hab ich damit zu tun? Und seit wann sprichst du von deinem «Lover»?

OMG! Lover = Layout. Danke für deine Hilfe!

Wie lang brauchst du noch?

Gleich da!

Das ist keine Seitenangabe.

Nö, sollte es ja auch nicht sein ☺

Zeit! Zeitangabe!

Morgen geht es ab ins Diane Land ☺

Du Stecher!

Was meinst du?

Gehst du nicht zu Diane morgen?

Keine Ahnung, wer das ist, aber klingt nach einer Frau.

Disney Land 😛

Möchtest du auch noch was aus dem Supermarkt?

Ja gerne! Habe gerade etwas über die Charakteristik des Frankensteins gelesen, kannst du mir einen mitbringen?

Geht es dir noch gut?

Ich meinte Frankenwein. Bring mir bitte einen FRANKENWEIN mit!

Hey, kann heute doch nicht kommen. Muss Überstunden machen. Muss dir bärchen.

Bärchen? Wow! Sind wir schon soweit?

Meinte: Ich muss dir absagen.

Hey Süßer, stört es dich, wenn ich gleich nach Klappkaribik rieche oder lieber Mongo-Duft?

Äääহm Mongo-Duft? Weiß noch nicht, ob ich's schaffe.

Ich meinte MANGO ... Steht unser Date noch?

Wollen wir uns später noch Pizza bestellen?

Ja!!! Nürburgring apple gesessen.

Was hast du gemacht?

Ich habe nur einen Apfel gegessen.

Schatzi. Bringst du bitte noch Jacke zum Essen mit?

Wird gemacht. Bis nachher!

Sehr süß, dass du gestern im Jackett diniert hast.

Ich meinte aber eigentlich, ob du Joghurt mitbringen kannst.

Du sagtest, ich soll ’ne Jacke mitbringen. Aber das fand ich merkwürdig, also dachte ich, du meinst, dass ich mich schick machen soll.

Dann sehen wir uns morgen?

Ja. Wenn wir uns nicht wieder verlassen.

Willst du mir damit irgendetwas sagen??

Verpassen! Entschuldige Schatz, ich freue mich auf dich!

Du musst dich beeilen. Das Angebot gilt nur noch heute!

Denk daran, mit Porno zu buchen!

Storno natürlich! ☺

Ich war mit Manuela im Kino.

Cool, was habt ihr euch angesehen?

Heroinabhängige. Ziemlich lustig, romantisch, zeitweise auch traurig.

Heroinabhängige?

Ach verdammt! ZWEIOHRKUEKEN!!!!

Er hat mich gestern voll angeflutet. Hab ich echt nicht kommen sehen.

Irgh! Wie eklig!

Wieso eklig? Kam halt nur überraschend.

Und dann musstest du sofort nach Hause duschen?

Wieso?

Wenn er dich doch angekotzt hat???

Nein! Angeflirtet! Er hat mit mir geflirtet!

Ich vermisse dich, Schatz!
Ich will keine 6 Monate
warten, bis ich dich
wiedersehe.

Das will ich auch nicht. Du
hast viel fetter ausgesehen,
als ich dich das letzte Mal
gesehen habe.

Wow! Ich weiß ja, dass ich
ein paar Pfund zugenom-
men habe, aber dass du
das sagst, schmerzt schon.

Ich hatte versucht,
frischer zu schreiben.

Tut mir leid!

Happy Hellsehen!

Helloween!! Mein iPhone kann kein Englisch!!

Grillen
heute Abend
19:00 Uhr

Ich bringe Aids mit!

Nein danke ☺

Sollte Bier heißen!

Dann gute Nacht!

Wollt ich auch gerade schreien.

Das musst du aber laut machen. Ich hab mein Fenster zu ☺

Wann hast du heute frei?

Weiß noch nicht, mal schauen wann sie die Mädchen überfahren.

WAS?

Die Maschinen runter fahren!!!!!!!!!!!!

Mann! Ich hätte dich heute echt köpfen können!

Wieso das? War doch lustig!

Ja lustig schon, aber deine Goofy Lache ging mir auf die Nerven.

Goofy?

HAHA! Der schreibt Goofy Lache, dabei meinte ich Doofi Lache.

Mein iPhone hat es ausnahmsweise mal zum Richtigen korrigiert!!!!

Schatz, noch drei Tage.
Dann bin ich bei dir!

Ich freue mich so darauf, dich in den Arsch zu nehmen.

ARM!!! Sorry! Sorry! Sorry!

Was machst du?

Ich bin bei meinem Bruder.
Der hat Geburtstag.

Sag 'nen schönen Gruß und Happy Vietnam!

Ähm Birthday ...

Leas Kattegat mein Arm zerkatzt!

Heute schreiben Monsieur sehr kryptisch ☺

Wenn man Koralleninsel hat, ist es schwer, sie wieder raus zu bekommen.

Oh, jetzt haben wir auch noch eine eigene Insel? 😀

Katze! Krallen im Arm!

Das war deutlich. Autsch!

Gibt es Bügelwäsche?

Ja, will morgen die Betten frisch beziehen.

Dann kann ich Samstag vögeln, während du arbeitest.

BÜGELN!!!

Ich werd dich so vermissen! Lässt du mir deine Kacke da? Dann kann ich mich darin einkuscheln, wenn ich dich vermisse.

Ich glaube, ich weiß, was du meinst. Was du geschrieben hast, ist aber echt eklig!

Ich geh mit Jens was trinken.

Hört sich gut an!

Brüste dabei?

Immer! 😉

Haha!

Biste dabei?

Immer! 😃

Ich war heut mal wieder John! Morgen hab ich bestimmt ordentlich Muskelkater.

Wer ist John?

Haha! Ich war Joggen! Das letzte Mal ist schon ein wenig her ...

Dein Handy kennt das Wort schon nicht mehr ☺

Habe Wurzelbehandlung von Penny mitgebracht!

Häää?

Wurzelbrot!

Kenn ich auch nicht.

Ich kann heute leider nicht. Hab total super hier auf der Arbeit.

Ist die Arbeit so viel schöner als ein Abend mit mir?

Autokorrektur! Sorry!!! Ich habe total Stress hier!

Ich würde dich jetzt so gerne verdammt hart rannehmen.

Was?!

Sorry! Autokorrektur. Ich meinte «Hey, gut und dir?»